FÉLIX MAYRARGUE

Souvenirs de Jeunesse

POÉSIES

SAINT-ÉTIENNE

BIBLIOTHÈQUE DE *LA REVUE STÉPHANOISE ET FORÉZIENNE*

1896

SOUVENIRS de JEUNESSE

FÉLIX MAYRARGUE

Souvenirs
de Jeunesse

POÉSIES

SAINT-ÉTIENNE

BIBLIOTHÈQUE DE *LA REVUE STÉPHANOISE*
ET FORÉZIENNE

——

1896

Ce petit volume de poésies est toute ma jeunesse. Il est le résultat de mes heures de repos et d'exil. Les pièces qu'il renferme ont été écrites sur mon album poétique, pêle-mêle, à intervalles irréguliers.

Fidèles images de mes sensations personnelles ou de celles de mes amis, elles me sont infiniment chères. Aussi est-ce avec joie que je les imprime aujourd'hui.

Je considère que la poésie est la religion du cœur, et, comme mon album poétique contient encore des pages blanches, ce petit volume ne sera pas le dernier.

Là se borne toute mon ambition.

F. M.

A LAURE DE NOVES

Salut, Laure, salut ! ô Madone idéale,
Nous venons évoquer ton nom plein de douceur,
Que rappelle toujours de sa voix magistrale,
Au Vaucluse, un écho du vallon enchanteur.

Toi seule, dans le sein de la ville papale,
Où triomphaient jadis le vice et l'impudeur,
Fis briller au-dessus de la foule immorale,
Un rayon de vertu, de grâce et de candeur.

Pétrarque dont tu fus le rêve et le génie,
A laissé dans les flots d'une pure harmonie
Le plus beau monument honorant ta beauté ;

Et ta forme idéale et tes charmes sublimes
Faisant naître en son cœur d'inoubliables rimes,
Vous ont placés tous deux dans l'immortalité !

A CLÉMENCE ISAURE

Salut, reine des chants, de l'amour et du rire.
Des anciens troubadours naturels héritiers,
Nous venons à tes pieds, poètes chansonniers,
Proclamer haut ton nom sur notre jeune lyre.

Fier de ton souvenir, le poétique empire
Qui longe la Garonne, aux bords hospitaliers,
Dans tes legs généreux puise encor les lauriers
Des émouvants combats où sa voix nous attire.

Aussi, pour t'honorer, oh ! puissante Clémence,
Nous avons apporté de la belle Provence
De sonores accents d'une immense douceur.

Tous nous voudrions voir, par un effet magique,
Au sein de ce tournoi joyeux et poétique,
Ta main, en s'animant, nous décerner la fleur !

LE FELIBRIGE DE PARIS

A FLORIAN

———

Aux bords ensoleillés et fleuris du Gardon,
Où l'air est encor plein de la chanson d'Estelle,
Où dans chaque recoin la nature plus belle
Du ciel à nos regards fait briller quelque don,
Nous venons t'évoquer, oh ! poète, oh ! grand maître !
Ciseleur de la fable et des chants de l'amour !
Et devant ton image, assemblés en ce jour,
Parler de tes vertus aux cieux qui t'ont vu naître !
Florian ! Florian ! nom sonore et charmeur,
Harmonieux appel qui de partout s'éveille,
Et dont l'écho lointain rappelle à notre oreille
De douce poésie et de joyeuse humeur !
En ces riants endroits où frissonne la feuille,
De rameaux en rameaux le vent léger passant,
Ravive de son souffle alerte et caressant
Un flot de souvenirs que notre âme recueille !
Et nous te revoyons, venant comme autrefois,
Demander au beau ciel, aux buissons, à l'espace,

Au souvenir touchant d'une mère, la grâce,
Doux charme des récits qui sont nés de ta voix !
Nous écoutons encor tes stances si naïves,
Venant en notre cœur porter leur souffle pur,
Et, dans l'air embaumé, sous ce beau ciel d'azur,
Au milieu de ces champs de mûres et d'olives,
Nous voyons, doux émoi de nos rêves d'enfant,
Dans nos esprits charmés se dérouler tes fables
Et passer à la fois, toujours inoubliables,
Les exploits du héros des Maures, triomphant !
Par tous ces souvenirs dont leur âme s'enivre,
Les Félibres joyeux se sentent plus unis,
Et ces lieux de cent ans aujourd'hui rajeunis,
S'étalent à leurs yeux comme un immense livre.
Ils y cueillent tes vers les plus doux, les meilleurs,
La voix de Galathée et la chanson d'Estelle.
Et chacun en son cœur trouve une ardeur nouvelle
Pour proclamer ton nom au milieu de ces fleurs !
Oh ! poète d'amour, qu'une mortelle injure
Dans la noire prison autrefois a jeté,
Et qui pour recouvrer encor sa liberté,
Séduisait ses tyrans d'une voix douce et pure,
Ton seul nom fait songer aux frissons, aux baisers,
Aux timides aveux, aux tendres pastourelles,
Aux vierges du Midi, séduisantes et belles,
Qui vont rêver aux bords des ruisseaux irrisés !
Ton nom éveille en nous l'amour de la patrie
Et plus que ton chef-d'œuvre encore, ta bonté

Qui fit ta place large en l'immortalité,
Quand tu mourus là-bas, à notre orangerie !
Là-bas ! où tous les ans nous allons te revoir,
Et dans un solennel et doux pélerinage
Tracer du Félibrige une nouvelle page,
Aux bancs inspirateurs où tu venais t'asseoir !
Salut, salut à toi! Ton souvenir dirige
Au chemin du progrès les poètes nouveaux.
Honneur à tes vertus ! Honneur à tes travaux !
Honneur au fondateur de notre Felibrige !
Rien de toi n'est caché pour nous, et nous voulons,
Avant que de ce jour la course ne s'achève,
Bercés de souvenirs, promener notre rêve
A travers l'aubépine et l'iris des vallons !

SALUT
AUX DAMES DE LA COUR D'AMOUR

Le Languedoc fleurit, fier de son aureole,
Dans un de ses jardins plus riche à tout détour ;
Au sein même des fleurs surgit leur bande folle :
  Salut aux dames de la cour !

Le feuillage odorant fait une voûte obscure,
Qui conduit sous un orme en bosquet transformé,
A cet endroit riant où la verte nature
  A mis son parterre embaumé.

C'est là qu'est leur séjour, loin des regards profanes,
Au point le plus obscur du domaine enchanté,
Où du soleil brillant les rayons diaphanes
  N'ont plus qu'une molle clarté !

Salut à leur splendeur ; un clair ruisseau murmure,
Elles vont en chantant s'y mirer tour à tour,
Et l'éclat de leurs yeux dans cette onde si pure
  Semble déjà parler d'amour.

Martise est la plus jeune, elle a seize ans à peine,
Et l'amour dans son cœur est déjà triomphant,
Sur son siège de marbre on la proclame reine,
    Et cette reine est une enfant !

C'est elle qui préside, et son costume étrange,
Laisse voir au travers l'idéale beauté
D'une jambe d'albâtre éclatant sous la frange,
    Radieuse en sa nudité !

S'étendant à ses pieds, sous les riants ombrages,
Leurs corsages coquets, follement entr'ouverts,
Les autres vont former de sublimes images
    Dans le reflet des arbres verts !

Salut au tribunal de ces belles sirènes,
Cour d'amour à l'aspect superbe et martial,
Groupes doux et charmants de ces magiciennes
    Au domaine de l'idéal.

Les débats sont ouverts ; au-dessus de leurs têtes
Un joyeux rossignol annonce leur retour
Et vient, huissier galant, déchaîner les tempêtes
    Sur ce doux fleuve de l'amour.

Et la discussion pleine de mille charmes,
Amène les débats dans un essor joyeux,
Où naissent à la fois les rires et les larmes,
    Perles des lèvres] et des yeux !

La marquise entre en lutte avec la chanoinesse,
Et d'un code d'amour réglant les folles lois,
Tout fait mettre en fureur la petite duchesse,
    Dont on rejette les pourvois.

Si la discussion capricieuse et folle
Se ralentit un peu sous ces riants ormeaux,
Elles font un loisir de l'heure qui s'envole,
    En chantant avec les oiseaux.

Et leurs voix s'inspirant sous la voûte embaumée,
Font naître en gais refrains ces doux chants de l'amour
Qui vont sous d'autres cieux chercher la renommée,
    Emportés par le troubadour !

Puis le flot doucement se calme, et la mollesse
Les séduisant enfin d'un appel débaucheur,
Elles vont à l'amant demander sa caresse,
    Sous un bosquet plein de fraîcheur !

Un prélat jeune et vierge excite leur querelle
Du fluide amoureux qui semble l'envahir.
Elles tendent les bras vers cette fleur nouvelle,
    Toute prête à s'épanouir.

Lui, craintif et troublé du charme qui l'inonde,
Comme un timide enfant se laisse enfin griser,
Et le flot de l'amour lui porte avec son onde,
    Le doux mystère du baiser.

Un trouvère épuisé sent sa chair qui s'éveille,
Sous les rires ardents de leurs cœurs réjouis,
Et le flot doucement murmure à son oreille
    L'orgueil des temps évanouis !

Oh ! salut aux baisers de leurs lèvres mi-closes,
Cueillis sous un rameau par la brise agité,
A cet endroit riant où l'on cueille les roses,
    Dans les délices de l'été !

La nuit vient, nuit de juin aux divines étoiles,
La lune du château va dépasser la tour,
Mais les feuillages sont d'impénétrables voiles
    Sur ce domaine de l'amour.

Et tout rêve et tout dort, tout se calme et s'efface :
Nul bruit ne vibre plus sous la voûte des cieux,
On dirait que du soir le silence qui passe
    Vient de s'arrêter en ces lieux.

Puis soudain de nouveau résonnent sous ces voûtes,
Les refrains entraînants de leurs chansons d'amour,
Et riant aux éclats on les voit s'enfuir toutes :
    Salut aux dames de la cour !

LA PETITE PATRIE

SONNET

A toi ! Toujours à toi, mon beau pays de Nice,
Séjour béni des cieux, chéri de l'étranger,
Où le ciel est si pur, où l'air est si léger,
Où le parfum des fleurs en la brise se glisse !

A toi mes plus doux chants, mon rêve et mon caprice,
Climat où le mourant conjure le danger,
Rive d'or, où la mer coquettement déplisse
Sa vague caressante aux pieds de l'oranger.

Un printemps éternel d'un vif éclat t'inonde,
Et lorsque l'âpre hiver vient envahir le monde,
Pour toi, c'est le signal des plaisirs les plus doux.

D'un charme captivant ta splendeur se décore
Et chaque hôte ravi redit avecque nous :
« Voir le monde et mourir, voir Nice et vivre encore ! »

ODE

A ma sœur, pour son mariage.

En ce beau jour si caressé
De ton existence fleurie,
Jetons nos yeux vers le passé :
Dis-moi, le veux-tu, ma chérie ?

Et tout émus par cette fête,
Douce phase des temps présents,
Regardons ce qui se reflète
Dans le sein de nos jeunes ans.

Jours de bonheur, Jours de jeunesse !
Oh ! les plus tendres de nos jours,
Eternels joyaux de tendresse,
Vers vous, nous nous tournons toujours.

Vos souvenirs remplis de charmes,
De doux présages, de bonheurs,
Savent effacer les alarmes
Et mettre un terme à tous les pleurs !

Dis-moi, revois-tu, ma mignonne,
De tous nos jeux le doux élan,
A cet instant où l'heure sonne,
Pour toi, de devenir maman ?

Revois-tu notre adolescence,
Et sens-tu vibrer tout ton cœur,
A cette douce souvenance
Des instants du plus pur bonheur ?

Et maintenant, te voilà femme !
Etre femme, c'est ravissant,
Lorsque vient de naître en votre âme
Un amour fidèle et puissant ;

Quand le mari que Dieu vous donne,
Ne vit que pour votre bonheur,
Et n'admet jamais que personne,
Vienne calmer votre douleur ;

Quant au sourire de la femme,
Répond un doux regard d'amour,
Quand le murmure de chaque âme
Se fait comprendre tour à tour,

Le mari sur qui tu disposes,
T'aime bien, mignonne, et pour moi,
Ta vie est un chemin de roses.
Ta mère a bien prié pour toi !

Qu'au ciel sa si douce prière
Fasse en ce jour des vœux pour vous,
Que sa voix semble sur la terre
Descendre, et prier avec nous.

Que Dieu charmé par sa parole,
(Un ange est toujours écouté)
Donne à ta vie une auréole
De joie et de prospérité.

Que le bonheur de ton mérite,
Il te l'accorde en courtisan ;
Qu'il te fasse tressaillir vite,
En ton doux rêve de maman.

Bien qu'à nous quitter tu sois prête,
(De la nature c'est la loi)
Toujours comme en ce jour de fête,
Notre pensée ira vers toi.

Heureux de te sentir heureuse,
Nos cœurs émus et triomphants
Sauront mêler, bande joyeuse,
Leur rire au rire des enfants !

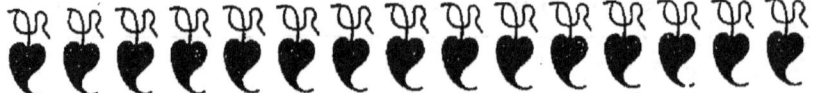

ODE A MA FEMME

Ma femme ! Je ne sais pourquoi cette parole
Vient de s'échapper de mon cœur,
Pourquoi dans une douce et suprême auréole,
Dans un nuage d'or où mon esprit s'envole,
Je lis un rêve de bonheur !

Ma femme ! Quelle est donc cette vierge ingénue
Dont le mystère est un doux son ?
Quelle est cette mignonne à mes yeux inconnue,
Qui devant le Seigneur par mon cœur reconnue,
Devra porter un jour mon nom ?

Je l'ignore et pourtant mon âme poétique
Se plaît sans cesse à présumer,
Dans l'avenir des temps encore énigmatique,
Celle qui sera reine au foyer domestique,
Celle qu'un jour je dois aimer !

J'aime à me figurer, quand bien souvent je rêve,
Son innocence et sa candeur,

Et le jour qui s'enfuit et la nuit qui s'achève
A mes yeux éblouis font resplendir sans trêve
    La douce image de son cœur.

Si tout est un mystère en l'avenir des choses,
        Si rien ne se peut présager,
Si quand nous proposons, ô mon Dieu, tu disposes !
La beauté de tes cieux, le parfum de tes roses,
        Les pourras-tu jamais changer ?

Non ! vous n'êtes point rose encore, ô ma mignonne !
        Vous êtes bouton gracieux,
Et votre doux sourire et le charme qu'il donne
Font entrevoir en vous l'idéale personne
        Qui sera la rose des cieux !

De vous je me figure une céleste chose,
        Un parfum de fleurs tout lointain ,
Un cœur qui ne bat pas, une âme qui repose,
Quelque chose de doux qui médite et suppose
        Le je ne sais quoi d'incertain.

O doux rêve d'amour ! mon cœur à son aurore
        Enclin à s'enthousiasmer,
N'est que folle chimère ; aussi je dois encore,
Avant de vous chercher, laisser ce cœur éclore,
        Afin d'apprendre à mieux aimer !

STANCES D'AMOUR

Que je t'aime, ô ma bien aimée,
  Quand charmée,
Dans notre chambrette embaumée,
Je te donne un baiser le soir.
J'aime de ta bouche chérie,
  Attendrie,
L'éclat de la lèvre fleurie,
S'approchant pour le recevoir.

Oh ! le baiser du soir, mignonne,
  Non, personne,
Aussi doux que moi ne le donne,
Cela je puis te le jurer.
Mais quelle autre bouche d'amante
  Souriante
D'une façon plus enivrante
Saurait venir se l'assurer !

Cette bouche souvent mi-close,
  Fraîche et rose,

Lorsque près de toi je repose,
A le talent de me charmer,
Et dans cette douce atmosphère
        Je fais taire
D'ici-bas la folle chimère,
Et je ne songe qu'à t'aimer !

Aimer, n'est-ce point là la vie,
        Et ravie,
N'est-ce point le bonheur qu'envie
Toute âme qui pense et qui craint ?
L'amour joyeusement efface,
        Lorsqu'il passe,
Et le souci qui vous tracasse
Et la douleur qui vous étreint !

J'aime cette histoire charmante
        Qui m'enchante,
J'aime ta gorge palpitante,
Tes cheveux dans l'air agités.
J'aime quand ta forme invisible,
        Trop sensible,
Dans une étreinte indescriptible
Se livre à mes sens excités !

J'aime ton timide murmure,
        Et si pure,
De ton corps, monde de luxure,
J'aime la séduisante odeur.

Et dans mes bras où tu te pâmes,
De nos âmes
J'aime à sentir briller les flammes,
Au sein de l'idéal bonheur !

Mais le temps passe et le temps file,
Trop agile,
A tes remontrances docile,
Enfin je calme mon essor,
Et la longue nuit qui s'écoule
Porte en foule
A notre faible esprit qui roule
Les plus sublimes rêves d'or !

FORCE D'AMOUR

SONNET

Du livre de ma vie une cruelle page
Déroule en ce moment son entier contenu
Et porte dans mon âme un terrible ravage,
Fruit d'un amour rêvé sans espoir reconnu !

Plus je veux éloigner son attrayante image,
Plus mon esprit s'égare en un rêve inconnu :
Imposant à mon cœur son pouvoir méconnu,
Plus je veux l'oublier et plus il se propage.

Aux voix de la raison sans cesse obéissant,
Je veux me dégager de ce lien puissant !
Et chaque effort tenté tourne contre moi-même.

De résister au mal j'ai le plus vif désir,
Mais je n'ai de bonheur que quand je puis faiblir,
Et toute mon excuse est dans ces mots : « Je l'aime ! »

ODE

A mon neveu Gaston Laroque.

Vous arrivez, Monsieur, sans nulle exactitude,
Attendu, désiré déjà depuis longtemps,
Et vous laissez percer la mauvaise habitude
    De ne point arriver à temps.

Mais enfin vous voilà ; trouveriez-vous sur terre
Un endroit plus fleuri, des cœurs plus désireux
De bien vous admirer, de vous voir, de vous plaire,
    En arrivant des cieux ?

Vous entrez dans la vie et sublime mystère,
Ce papier bleu reçu depuis quelques instants,
Orne, en me l'apprenant, d'une auréole austère
    Le front de mes vingt ans !

Mon neveu, la nature a des façons exquises
De vous faire vieillir, et ces moments si doux
Me révèlent déjà les joyeuses surprises
    Du bonheur de l'époux !

Dans un riant pays aux verdoyantes plaines,
Où la riche montagne a des tons toujours verts,
Où la brise a souvent de suaves haleines,
    Je crayonne pour vous ces vers !

La Dordogne à mes pieds coule, et mon cœur qui vole,
Bien loin de ce grand fleuve aux tortueux replis,
Dans une douce scène, où chacun a son rôle,
    Vous voit l'acteur le plus exquis !

Ah ! que vous voilà bien arrivé, quelle étoile
Avez-vous donc choisie à la voûte des cieux ?
Par quel obscur repli de cet immense voile
    Etes-vous venu dans ces lieux ?

De quel sentier d'azur que le soleil inonde,
Vous êtes-vous servi ? Quels anges protecteurs
Sont venus vous conduire à la porte du monde,
    Jusqu'au seuil de nos cœurs ?

Votre voix n'a pas eu le premier cri d'ivresse,
Et votre cœur n'a pas battu du moindre élan,
Que vous avez déjà la sublime caresse,
    Et le baiser de la maman.

Vos yeux n'ont su rien dire et vos deux mains ouvertes
N'ont point encore appris à saisir l'élément,
Que vous voilà déjà dans vos chaudes couvertes,
    Bercé, Monsieur, tout tendrement.

Mon cher petit neveu, comme on fait bien de naître,
Quand on a des parents dont aimer est la loi,
Et quand pour le bénir on a, sans le connaître,
    Un charmant oncle comme moi.

Je suis oncle, et vraiment jamais cri plus sincère
N'a porté dans mon cœur échos plus ravissants,
Jamais puissant orgueil, jamais voix en prière
    N'ont eu d'aussi divins accents.

J'aime tant vos parents ; le bonheur que Dieu sème
Vient en touchant leurs cœurs, pénétrer jusqu'au mien ;
Il est tout naturel alors que je vous aime,
    Et vraiment je vous aime bien !

Puis vous me ressemblez ; c'est là ma récompense :
Aussi quand je vous vois arriver triomphant,
Si je dis, mon neveu ; dans cette circonstance,
    C'est presque dire : mon enfant.

MATIN D'HIVER

Peut-on frapper à votre porte
Où me conduit l'heureux destin ?
L'air est glacé, la brise est forte,
Mignonne, il fait froid ce matin.
Peut-on frapper à votre porte ?

Peut-on entrer dans votre chambre ?
On frissonne chez vous, grand Dieu !
Par ce dur matin de décembre,
Mignonne, n'avoir pas de feu !
Peut-on entrer dans votre chambre ?

Peut-on avoir un peu de place
Dans ce lit où l'on en voit tant,
Et réchauffer son corps de glace,
Mignonne, un tout petit instant ?
Peut-on avoir un peu de place ?

Peut-on se réchauffer encore
A votre regard rayonnant,
Et vous dire qu'on vous adore ?..
Mignonne, il fait chaud maintenant !
Peut-on se réchauffer encore ?

AIMÉE

MÉLODIE EN VERS

——

Aimée, au sein du soir, où la terre endormie
Fut l'unique témoin de notre intimité,
Combien j'aurais voulu te garder, mon amie,
Avec l'éclat si pur de ta douce beauté !
    Une lune très fière
    Semait dans le pays
    Des rayons de lumière
    Sur tous les verts tapis,
    Et la brise embaumée
    Des parfums des taillis,
    Disait le nom d'Aimée
    A mon cœur tout épris.
Mais l'heure d'amour, frivole et rapide,
S'envole trop vite, et, le cœur brisé,
Du départ cruel a senti le vide.
Ah ! le faible amant qui n'a point osé !
    L'écho semble me dire
    Qu'elle va revenir,
    Et j'accorde ma lyre
    A ce doux souvenir.

N'irons-nous plus jamais sur la pelouse verte
Du trouble de la valse ensemble nous griser ?
Ne la verrai-je plus, à sa fenêtre ouverte,
Aux rayons du beau soir envoyer son baiser ?
       Une lune trop fière
       Sème dans le pays
       Des rayons de lumière
       Sur tous les verts tapis ;
       Et la brise embaumée,
       Des parfums des taillis,
       N'évoque plus l'Aimée
       A mon cœur tant épris !

RÉVÉLATION

SONNET

Tu me dis un secret qu'avaient trahi tes yeux.
Pourquoi donc hésiter ! Va, parle encore, achève,
Le plus grand bonheur sous les cieux
N'est-il pas de vivre son rêve ?

Notre amour en nos cœurs était silencieux ;
La crainte et le désir nous torturaient sans trêve,
Mais à présent soyons heureux,
Puisque le voile enfin se lève.

S'il nous est défendu de nous aimer toujours,
Profitons tout au moins de ces quelques beaux jours
Qui ne reviendront pas peut-être.

Goûtons jusqu'à l'excès le bonheur d'être à nous
Pour mieux nous souvenir de ces instants si doux,
Lorsqu'ils ne pourront plus renaître.

MIGNONNE !

BALLADE

Je t'appelle toujours « Mignonne »,
Tu veux savoir, dis-tu, pourquoi,
Ce doux nom que j'affectionne,
Je le conserve exprès pour toi ?

Ecoute : c'est la femme exquise,
Pleine de grâce et de candeur,
Que sans cesse ainsi l'on baptise,
Lorsqu'elle charme votre cœur !

Mignonne, c'est la fiancée
Souriant au futur époux,
Dans cette charmante odyssée
Où tout vous pousse malgré vous !

C'est au bal du petit village
La belle enfant venant danser,
Et qui le soir sous le feuillage
Permet un doux et franc baiser !

3

Mignonne, c'est au bord de l'onde,
Pleine de grâce et de vertu,
La petite pêcheuse blonde,
Avecque son chapeau pointu.

C'est, sous le toit couvert de chaume,
La fillette aux yeux ingénus,
Qui sent encor le doux arome
Des foins qu'ont foulés ses pieds nus !

Mignonne, mignonne, mignonne,
C'est enfin ton nom, mon amour,
Ce nom qui dans mon cœur résonne
Plus clair et plus pur que le jour !

HOME SWEET HOME!

———

Oh ! veux-tu fuir, ma mignonne,
Loin du monde et des soucis ?
Pour abriter ta personne,
J'ai trouvé le Paradis.

C'est un petit ermitage,
Aux abords d'un frais vallon,
Où jamais le fol orage
N'est porté par l'aquilon.

Une grotte naturelle
Du vallon creuse le flanc ;
La nature est toujours belle,
Le lit du torrent est blanc.

Plein d'échos et d'épouvante,
De mystère et de décor,
Le jour sans cesse s'argente
Et le soir est tout en or.

Et le « home sweet home »
Serait un séjour de roi,
Si dans ce petit royaume
Tu gouvernais avec moi !

REMISE DES DRAPEAUX

A LA FRONTIÈRE

Soldats ! pour recevoir aujourd'hui vos drapeaux,
Le sort vous a conduits près de ces verts coteaux
      Où notre Alsace vous demande ;
Clairons ! sonnez « au champ », Tambours, battez un glas,
Car je fais présenter les armes aux soldats.
      Face à la manœuvre allemande.

Voilà bien ces drapeaux dont les airs glorieux
Nous parlent à la fois de tant de fiers aïeux
      Et de tant de sublimes gloires.
Saluez-les, soldats, puisqu'emblèmes sacrés,
Ils cachent fièrement entre leurs plis serrés,
      Le nom de toutes vos victoires.

Ecoutez : la trompette au lointain retentit ;
Vous l'entendrez bientôt au milieu du conflit,
      Pousser son premier cri de guerre ;
Les bataillons serrés s'exercent au lointain,
Si ce n'est aujourd'hui, ce sera pour demain :
      Consolez déjà votre mère.

Sur nos pays en deuil, flottent leurs étendards ;
Mais leurs vaines couleurs ont blessé nos regards,
     Et puisque le soleil les dore,
Nos mains les réduiront en lambeaux impuissants,
Et nous ferons flotter les plis éblouissants
     De notre drapeau tricolore.

Vous pensez voir la paix à l'horizon tout pur,
Mais tel que d'un glacier réputé comme sûr,
     L'on voit glisser une avalanche,
Vous reviendrez bientôt en bataillons jaloux,
Et je vous donne à tous en ces lieux rendez-vous
     Pour le moment de la revanche.

Soldats ! souvenez-vous de vos biens saccagés,
De vos logis en feu, de vos champs ravagés,
     Des cruautés de leur colère ;
Pensez à Châteaudun, où, comme des bandits,
Ils sont venus tuer, jusqu'aux pieds de nos lits,
     Les enfants au sein de leur mère.

En quelque coin de France où vous guide le sort,
Vos parents, vos amis, les vieillards à la mort,
     Et même les voix maternelles,
Vous diront fièrement tout en vous entraînant :
Marchez donc, ce pays ne peut plus maintenant
     Pleurer des larmes éternelles !...

Nous nous reverrons donc bientôt, et triomphants,
Quand nous retournerons conter à nos enfants
  Toute la gloire de la France,
Ils croiront écouter, venant des bords du Rhin,
Les exilés d'hier chantant le doux refrain
  De leur sublime délivrance.

Mais que vois-je ? soldats, regardez au lointain,
Ce hardi cavalier, avec son air hautain :
  Fier soleil, voile-toi la face !
Baissez vos étendards, l'arme basse, repos !
Que ne puis-je entourer de crêpe ces drapeaux ?
  L'Empereur d'Allemagne passe.

Il piétine le sol où, dans un sombre jour,
Tant de héros sont morts. Le sinistre vautour
  Qui vient planer sur notre tombe,
A chaque pas qu'il fait, couve une trahison ;
Mais l'affreux aigle noir, gravé sur son blason,
  Ne trouvera pas de colombe.

« La France ne craint rien, redoutable empereur !
« Si tu veux effacer du fond de notre cœur
  « Les flots d'héroïsme et de haine,
« Rends nous donc ces soldats maintenant endormis,
« Rends nous tous ces héros, nos frères, nos amis,
  Notre Alsace et notre Lorraine.

« Tu ne réponds jamais à cela ; chaque jour,
« Tu viens pourtant encore avec un faux amour,
          « Porter ta caresse éphémère.
« Mais si dans tes bienfaits prodigués à foison,
« Quelque diplomatie y trouve sa raison
          « Nous n'y trouvons que ta colère. »

Approchez, approchez, mes soldats courageux,
Il faut voir l'Empereur ; sur son front ombrageux
          On lit une folle espérance ;
Ses yeux tournés vers nous ont un mauvais regard ;
Ah ! faites-lui plutôt de vos corps un rempart,
          Mais qu'il n'entre jamais en France !

Il s'enfuit au galop ; clairons, sonnez au champ !
Soldats ! regardez tous vers le soleil couchant
          L'endroit où sera notre place ;
Déployez les drapeaux sur les points élevés
Pour qu'aujourd'hui les noms en lettres d'or gravés
          Puissent s'y lire de l'Alsace.

DOUCE INSPIRATION

Non, ce n'est point la muse aujourd'hui qui m'inspire,
Pour venir t'honorer, ô reine de mon cœur.
De ton amour profond le charme qui m'attire,
Au style gracieux me pousse avec ardeur.

Ce n'est point mon talent qui cueille sur ma lyre
Ces accents inconnus d'une telle douceur,
Et fait naître en mon âme un éternel délire
Au sein de l'infini présage du bonheur.

Toi seule, m'enivrant d'une douce harmonie,
Viens diriger l'essor de mon faible génie
Vers tout ce qui se trouve hors du cercle banal.

Et tes yeux, ton sourire et ton charme sublime
Laissent apercevoir à mon esprit la rime,
A mon cœur le chemin du plus pur idéal !

A LA MÉMOIRE DU TZAR ALEXANDE III

Tel que le chêne-roi sous la foudre chancelle,
Il est mort notre ami fidèle, ce héros
Qui, pour mieux cimenter la paix universelle,
Du Russe et du Français mêlait les chers drapeaux !

Son règne glorieux, son œuvre solennelle,
Dont Cronstadt et Toulon sont les plus purs joyaux,
Laisseront dans l'histoire aux immortels échos
Du siècle qui s'en va la page la plus belle.

Son souvenir puissant, dictant encor ses lois,
Les peuples de l'Europe, alors qu'ils seraient trois,
Ne sauraient effacer notre sainte alliance.

Car, là-haut, dans le sein du domaine divin,
Alexandre et Carnot, se tenant par la main,
Unissent pour toujours la Russie et la France !

SOIR D'HIVER

Aux plus petits de mes cousins.

L'hiver à la veillée, assise à la fenêtre,
Je regarde épaissir la neige sur les toits,
Et j'écoute en rêvant la chanson que fait naître
La brise qui s'engouffre au milieu du grand bois.

Grand-père est près du poêle, et tandis qu'il se penche
Dans un coin du fauteuil, pour chercher le sommeil,
La flamme fait briller sa belle tête blanche,
Comme une neige pure aux rayons du soleil.

Ajustant sans trembler sa paire de lunettes
Devant ses yeux brillants, aussi purs qu'un miroir,
Grand'mère du vieux temps redit les chansonnettes,
En collant des chromos dans un bel album noir.

Petit Albert s'endort sur les genoux de mère,
Mais papa très taquin s'approche et doucement,
Avec un brin de paille excite sa colère
Qui se change aussitôt en un rire charmant !

Hélène à mes côtés, tout près de la fenêtre,
De son souffle d'enfant inonde le carreau,
Et trace avec son doigt une petite lettre
Sur le nuage blanc de cette vapeur d'eau !

Mon gros chat Benjamin est tout mélancolique,
De n'avoir pu ce soir mettre le nez dehors,
Et tout en ronronnant sa bizarre musique,
Aux chansons de grand'mère ajoute ses accords.

Enfin un léger bruit vient frapper notre oreille:
Quelqu'un ouvre la porte, et s'avance. Soudain,
Tout le monde est debout, bon papa se réveille,
Et grand'mère s'arrête au milieu d'un refrain !

C'est Marcel, c'est Marcel ! Sa capote est glacée,
Mais il accourt vers moi, sans même la poser,
Et me disant tout bas : « Petite fiancée ! »
Clôt ce beau soir d'hiver au sein de son baiser.

ODE

A mon neveu Gaston Laroque.

Oui, vous avez un mois ; vous riez, je suppose,
Et vos lèvres s'ouvrant comme un bouton de rose,
　　　　Sous le soleil d'été,
Laissent apercevoir vos petites pommettes,
Qui pour vous embellir font naître deux fossettes,
　　　　Une à chaque côté.

Vos deux beaux yeux tout noirs s'ouvrent à la lumière,
Vos mains semblent s'unir comme pour la prière,
　　　　Vos bras sont potelés ;
Et maints petits cheveux à couleur blondinette,
Naissent un peu partout sur votre jeune tête,
　　　　Déjà presque bouclés.

Un son confus et doux vient frapper votre oreille :
Charmé, vous écoutez ; votre bouche vermeille
　　　　Voulant prendre l'élan,
Se contracte, s'exerce et, sublime problème,
Ne sachant point parler, voudrait parler quand même,
　　　　Pour appeler « maman ».

Vous apprendrez, monsieur ; « maman » est, dans la vie,
Le premier mot d'amour dont notre âme ravie
      Comprend le son charmeur.
« Maman », comme une note au sein de la musique,
Est le premier propos, la première réplique,
      Le premier cri du cœur.

Et vous avez un mois aujourd'hui ; je m'amuse,
A vous le répéter, et mon cœur et ma muse
      Voudraient, pour vous bénir,
Prévoir de votre vie, à chaque douce étape,
Le bonheur futur dont la vision s'échappe
      Au vent de l'avenir.

A UNE FLEUR DESSÉCHÉE

Parmi les pages de ce livre,
Comme dans un cercueil bien clos,
Fleur que je tire du cahos,
Quel souvenir fais-tu revivre ?

Etais-tu rose ou bien œillet ?
Quel est ton nom, quel, ton mystère ?
Et pour quel amour ou chimère
T'ai-je mise sur ce feuillet ?

Lorsque, au frais buisson arrachée,
Tu vins du jardin ou du bois,
Par l'empreinte de petits doigts
Etais-tu déjà desséchée ?

T'ai-je prise en de beaux cheveux ?
Sur quelque mignonne poitrine ?
Ou sur une écriture fine,
Qui me portait de doux aveux ?

Fleur du passé, pleine de charmes,
Qui gis maintenant dans l'oubli,
Lorsque je t'ai vue, ai-je ri ?
Ou bien ai-je versé des larmes ?

De ton souvenir effacé
Je ne vois plus rien apparaître,
Et mes yeux pour te reconnaître
Cherchent en vain dans le passé.

Rien ne me rappelle ton rôle,
Et je te trouve avec douleur
Tout aussi pâle dans mon cœur
Qu'au sein de ta frêle corolle.

Fleur du présent, doux idéal,
Auras-tu même destinée ?
Te trouverai-je un jour fanée
Comme sur ce feuillet banal ?

Non, non, je veux que rien n'efface
Le souvenir de ta douceur,
Et que le livre de mon cœur
En garde l'éternelle trace.

AMOUR DÉFENDU

SONNET

Un inconnu frisson envahit tout mon être,
(Tel le tendre zéphyr par les soirs apporté)
Le premier cri d'amour en mon cœur vient de naître ;
De ses premiers baisers je me sens transporté.

Je t'aime et je t'aimais déjà sans te connaître,
Comme on chérit l'espoir du bonheur souhaité ;
Dans mes rêves dorés je te voyais paraître,
Les rêves ont fait place à la réalité.

Oh ! sans te désoler, tranquille, aimante et fière,
Ecoute ce désir que dicte ma prière :
« Ne dévoile jamais le secret de ton cœur ! »

Je ne crains nul danger, je ne crains nulle entrave.
Si le sort est contraire à nos vœux, je le brave,
Ma force est ton amour, et mon but, ton bonheur !

4

IMPROMPTU

A NAPLES

O Naples ! ce matin encore,
J'ai vu resplendir ton aurore
Sous les feux d'un riant soleil ;
Mais je l'ai presque méconnue,
Et son doux éclat dans la nue
Ne m'a pas semblé si vermeil !

A Posilipe, de ma place,
J'ai bien vu, sillonnant l'espace,
Les rayons qui glissaient vers toi ;
Mais la mer brillamment parée
D'une belle teinte dorée,
N'a pas eu de charme pour moi !

Oh ! douce reine d'Italie,
Si j'ai pu, par mélancolie,
Méconnaître ta pureté,
C'est qu'image fraîche et sereine,
Nice, en mon âme d'amour pleine,
Effaçait encore ta beauté !

DOULEUR ET PRÉSAGE

———

SONNET

Le ciel vient de ravir à ses yeux la lumière.
Sur ce monde cruel à peine descendu,
L'enfant est mort; déjà dans la petite bière,
Sa mère en sanglotant le regarde étendu.

Sa voix ne trouve plus ni plainte ni prière
Pour crier la douleur de son cœur éperdu,
Et tandis qu'on l'emporte au petit cimetière,
Elle tend ses deux bras vers ce bonheur perdu !

Soudain, comme un rayon d'espoir dans la détresse,
Sur sa bouche se glisse une douce caresse,
Une amicale main se pose dans sa main.

Et l'amour conjugal qui la charme et l'attire,
Doucement, sans parler, avec un beau sourire,
De l'amour maternel lui montre le chemin !

LA MADONE ET L'ORPHELIN

BALLADE

———

Aux pieds d'une madone au radieux visage,
Un petit orphelin timidement priait,
Et fixant son regard sur la divine image,
    Ainsi la suppliait :
« Toi, qui fis avec Dieu le ciel et les étoiles,
« Madone, bien-aimée ! écoute le petit,
« Et dans ce soir cruel, viens écarter les voiles,
    « Qui troublent son esprit !
« A murmurer tout bas ma timide prière,
« Je suis seul, à genoux, pour la première fois ;
« Hier nous étions deux ; à l'automne dernière,
    « Nous étions encor trois.
« Ah ! console mon deuil, ma peine et ma souffrance,
« Viens ouvrir sous mes pas le chemin du bonheur,
« Et porter en mon âme un rayon d'espérance,
    « D'un rayon de ton cœur !

« Jadis, lorsque le soir ma parole indécise
« Exaltait ta puissance et tes divines lois,
« Auprès de mon berceau, ma pauvre mère assise
      « Guidait ma jeune voix.
« Derrière elle, mon père, avec un beau sourire,
« Me montrait de son doigt ton image, et, joyeux,
« Attendait, sans parler, que ma parole expire,
      « Pour voir fermer mes yeux.
« Et moi qui m'étendais mollement dans mes langes,
« Les regardant tous deux se prendre par la main,
« Aux portes du sommeil je croyais voir des anges
      « Descendus de l'Eden.
« Puis, lorsque ce sommeil, pesant sur ma paupière,
« Dans mon âme d'enfant s'infiltrait pas à pas,
« Ma mère souriait et je voyais mon père
      « L'entourer de ses bras.
« A l'instant où le ciel, chaque nuit nous ramène
« Les rêves enchanteurs devant nos yeux fermés,
« Il me semblait sentir comme une pure haleine
      « De baisers embaumés.
« Enfin, lorsque les feux de la première aurore
« Arrachaient ma paupière aux douceurs du sommeil,
« Près de mon petit lit je les trouvais encore,
      « Epiant mon réveil.
« Oh ! prends pitié de moi, car je n'ai plus personne
« Pour calmer la douleur de mon cœur éperdu,
« Et rends-moi, si tu peux, douce et sainte Madone,
      « Tout ce que j'ai perdu.

« Toi qui donnes au ciel son aurore nouvelle,
« Les gazons au jardin, les roses au pourtour,
« A l'enfant l'innocence, à la vierge si belle
        « La folle nuit d'amour ;
« Toi, par qui tous les cœurs se grisent de tendresse,
« Réponds ! qui calmera maintenant ma douleur,
« Qui soutiendra mes pas au sein de la détresse,
        « Qui guidera mon cœur ? »
Il se tut et soudain au milieu d'une flamme,
La vierge, s'animant, captiva son esprit,
Une céleste voix lui répondit : « Ta femme ! »
        Et le sommeil le prit.

LA PREMIÈRE VALSE

—

L'obscur néant déjà venait de s'effacer,
Laissant briller partout le ciel, la terre et l'onde,
Adam triste d'abord de se voir seul au monde,
Vit soudain venir Eve et se mit à danser.

Ravi par son amas de chevelure blonde
Que le premier soleil venait de nuancer,
Et par sa chair rosée en mystère féconde,
Il accourut vers elle et voulut l'enlacer.

Comme une jeune enfant aux portes de la vie,
Elle se laissa faire, étonnée et ravie,
Moulant son corps au sien, sous les cieux éclatants.

Le rossignol chanta sa première musique,
Et tous deux entraînés par un souffle magique,
De la première valse ébauchèrent les temps.

ODE A SAINT-HOSPICE

———

Vive ce grand palais dont la pelouse est verte !
On y vient en cachette au tomber de la nuit,
Et la mer mollement à ses pieds fait un bruit
Qui pénètre, charmeur, par la fenêtre ouverte.

Saint-Hospice, salut, salut, voici tes fils,
Tes fils sont arrivés. N'attends-tu plus personne ?
Quand du repas joyeux déjà la cloche sonne,
Ces convives manquants, où sont-ils, où sont-ils ?

Ecoutez ! A travers la porte mal fermée,
Vibre, mélodieux, comme un hymne du ciel,
Comme un refrain joyeux, d'une douceur de miel,
Comme un chant de l'oiseau sous la verte ramée !

C'est le cri du printemps, le cri de la saison ;
Soudain, tel un doux flot de jeunes hirondelles,
Nous voyons arriver nos reines les plus belles,
Apportant la folie au sein de la maison.

Nos mignonnes, bonsoir ! Vos lèvres demi-closes
Semblent faites déjà pour les joyeux amours.
Venez sous ces lambris de soie et de velours,
Et sur ces canapés, qui sont des nids de roses.

Mignonnes, le printemps dit d'aimer ; c'est le soir,
Nul ne peut nous surprendre ; à travers les fenêtres,
La Tour des Sarrazins, vestige des ancêtres,
Au milieu d'un rayon pourrait seule nous voir.

Mais n'en ayez pas peur, aimons-nous, car la brise
Ne dévoile aucun bruit à ce monde dormant,
Car tout reste muet, aussi discrètement
Qu'au sommet du rocher cette petite église.

Aimons-nous, aimons-nous, et nous tenant blottis
Dans ces lits de duvet où notre cœur flamboie,
Laissons vibrer l'amour, la jeunesse et la joie,
Car demain, mes enfants, nous serons tous partis.

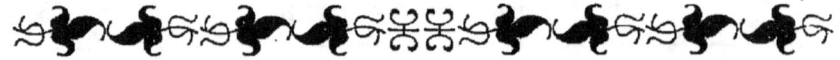

SUR UNE TOMBE

———

SONNET

Non, je ne verrai plus, ô Jeanne, ton sourire,
Car un ange a conduit ton âme vers les cieux,
Et je n'entendrai plus ce grand éclat de rire
Qui faisait soupirer les amants envieux !

Ta grâce était un charme et ton cœur un empire,
Dont nous étions toujours les sujets radieux,
Tant tu savais ravir, tant tu savais séduire,
Tant tu mettais d'amour où tu jetais les yeux !

Adieu, petite Jeanne, adieu, ma pauvre amie,
Te voilà pour toujours sous la terre endormie
Et ton cœur maintenant ne nous charmera plus !

Adieu, nous reviendrons près de ta sépulture,
Les mains pleines de fleurs que donne la nature,
Chercher le souvenir des moments disparus.

LA RENTRÉE DU COLLÉGIEN

Octobre est arrivé ; tandis que l'hirondelle
Vers ses quartiers d'hiver s'enfuit à tire d'aile,
Tandis que le midi, joyeux de son réveil,
S'apprête à recevoir ses hôtes au soleil,
Tandis que le blé mûr remplit toutes les granges,
Et que les vendangeurs achèvent leurs vendanges,
Le petit écolier, ses livres sous le bras,
Vers l'immense collège arrive pas à pas,
Et le cœur un peu gros, le regard tout humide,
Ressent autour de lui comme un immense vide.
Oh ! les bons jours passés sous le toit paternel,
Les petits déjeuners de bon beurre et de miel,
Les repas copieux, les mille gâteries,
Les bois, les prés, les champs, les coquettes prairies,
Les courses à cheval, les pêches en canot,
La ceinture de soie et le petit maillot
Que l'on mettait le soir pour descendre à la plage,
Tout cela maintenant n'est plus qu'un beau mirage,
Dont son cœur attristé garde le souvenir,
Et qu'il faudra dix mois pour faire revenir !

Combien il a de mal à dissiper sa peine !
Il franchit maintenant, plein de crainte et de gêne,
Le couloir qui conduit à la petite cour.
Et voilà qu'aussitôt, en guise de bonjour,
Mille petites mains vers lui toutes tendues
Chassent le souvenir des larmes répandues,
Voilà que ses amis, avec leur doux entrain,
Comme un nuage d'eau dissipent son chagrin ;
Voilà que tout sourit, que tristesse se passe,
Et que déjà joyeux, il entre dans sa classe !

PETIT MESSAGER

SONNET

Mets-toi sur mes genoux, Jeannette, ma mignonne ;
C'est chose encor permise à tes quatre ans joyeux,
Et je t'embrasserai — ne le dis à personne —
Sur ta bouche, ton front et tes deux jolis yeux.

Puis, si pour ton ami tu veux être bien bonne,
Quand petite maman reviendra dans ces lieux,
Rends-lui tous les baisers qu'à présent je te donne,
En les doublant, afin qu'elle en ait de nous deux.

N'étant point préparée à cet assaut si doux,
Elle t'appellera : chère et petite folle,
Mais toi, ne cesse pas de bien remplir ton rôle ;

Et lorsqu'elle t'aura prise sur ses genoux,
Si son cœur ne voit pas mon touchant stratagème,
A l'oreille, dis-lui doucement que je l'aime.

MÈRE ET FILS

La mère se sent fière au bras d'un beau garçon,
On la voit tour à tour joyeuse et rajeunie,
Avec son franc plaisir et sa douce manie
De se faire pour lui coquette à sa façon !

Pour sa fille, au contraire, elle est juste et sévère,
L'enfant dont tous les jours s'embellissent les traits,
Semble en laissant percer quelques nouveaux attraits,
Rider le front jaloux de la coquette mère !

Mais que, sur son épaule, un grand fils, un enfant,
Pose sa jeune tête et vienne lui sourire,
Et son cœur désormais ne saura plus rien dire,
Tant ce regard d'amour en elle est triomphant !

Oui, c'est le préféré, ce beau garçon qu'elle aime,
Son allure de mâle a des airs conquérants,
Et ses yeux, ses grands yeux, semblent si transparents
Qu'on y pourrait dedans puiser l'amour lui-même !

Elle a pour le charmer ce sourire du cœur,
Tout pareil à celui qu'une vierge nouvelle,
Dans l'idéal frisson que l'amour lui révèle,
Consacre pour toujours à son premier vainqueur.

Sa petite moustache en ses doigts se promène,
Sa main pour caresser a l'art délicieux,
Et passant doucement au-dessus de ses yeux,
Va de sa bouche d'or à ses cheveux d'ébène !

C'est le plus beau de tous. Les jours comme les nuits,
Si son cœur s'aperçoit que ce grand fils s'alarme,
Elle sait d'un sourire effacer une larme,
Elle sait d'un regard dissiper ses ennuis !

Qu'une amante adorable et pleine de tendresse
Vienne troubler le cœur de l'enfant, et soudain,
Toute sa voix s'emplit de rage et de dédain,
Pour désigner partout cette indigne maîtresse.

Elle a pourtant l'orgueil de voir son fils si beau,
Elle sait qu'un baiser d'amante est bien frivole,
Mais songe à tout instant que ce baiser qu'on vole,
Seule, elle avait le droit de le prendre au berceau !

Cet amour pour l'enfant que Dieu mit sur sa route,
Est un amour de mère et cependant le ciel,
En lui donnant sans cesse une douceur de miel,
A voulu quelquefois laisser percer un doute.

Elle a le contre coup de fascination,
Qui met dans chaque sexe un attrait invincible,
Tout lui semble permis, tout lui semble accessible,
Elle ne peut cacher sa folle affection.

Oh ! non de telles amours n'ont rien de ceux des femmes !
Et j'ai trop de respect pour vouloir les ternir,
Ces sentiments exquis qu'on ne peut définir
Sont l'éternel reflet de nos cœurs sur leurs âmes !

L'âge les sanctionne et les cheveux blanchis
Mettent la pureté dans ce qui semble étrange,
C'est la lueur des temps où se place et se range
Le souvenir d'amours à nouveau réfléchis.

Et cela vous rappelle une eau limpide et claire,
Dont le goût de la source est encore conservé,
C'est le bonheur goûté, c'est le bonheur rêvé,
C'est l'amour de la femme et l'amour de la mère !

BATAILLE DE CONFETTIS

___

EN ATTENDANT LE CANON

Mes amis, je vous apporte
En hâte ces quelques vers.
Roi Carnaval, à ma porte,
Me met l'esprit à l'envers.

J'ai sorti de mon armoire
Les armes des fous ébats,
Et je chante la victoire,
En attendant les combats.

Badaboum ! le canon tonne !
Marguerite qui m'attend
A dans toute sa personne
Un petit air excitant.

Dépêchons-nous, vite, vite ;
Allons, mes vers sont écrits...
Je te crible, Marguerite,
De mes premiers confettis !

BONBONS !

O gracieux petits bonbons,
Sortis du moule doux et bons,
Après maintes métamorphoses,
Bonbons nouveaux,
Si frais, si beaux,
Si roses !

Vous qui venez en courtisans,
Au premier jour de tous les ans,
Nous souhaiter les bonnes fêtes,
Que de bonheurs
Et que d'honneurs
Vous faites !

Votre aspect semble si coquet,
Qu'à peine au sortir du paquet,
D'où la petite main vous tire,
Votre air charmant,
Subitement,
Attire.

Bonbons friands et panachés,
Que de parfums vous nous cachez
Dans votre forme mensongère !
    Quel contenu
    D'un inconnu
      Mystère !

Le bonheur vous suit pas à pas,
Et si nombreux sont vos appas,
Que l'on voit, grâce à votre empire,
    L'enfant si beau,
    A son berceau,
      Sourire.

Vous êtes un Roi parmi nous,
Nul baptême n'a lieu sans vous,
Et sans vous, mystique problème !
    L'époux tout bas
    Ne dira pas :
      Je t'aime !

Quands je vous mets entre les dents
De ma mignonne aux yeux ardents,
Je ne sais par quel sortilège
    Votre reflet
    Fait un effet
      De neige.

Petits bonbons, ô doux bonbons
Donnés, croqués, tout frais, tout ronds,
Puisque en portant votre caresse,
      Vous animez
      Et vous charmez
        Sans cesse.

Puisque au sein douillet de leurs lits
Vous comblez les cœurs des petits,
Tout en intéressant les nôtres ;
      Puisque l'honneur
      Et le bonheur
        Sont vôtres !

Puisque vous êtes bons et doux,
Que nul an n'arrive sans vous,
Et que Jeannette vous adore,
      Bonbons exquis,
      Soyez bénis,
        Encore !

LE MEILLEUR SOURIRE

SONNET

Que j'aime l'idéal sourire de Jeannette
Naissant sous les aveux de mon cœur bien épris !
Le soir et le matin, quand la prière est faite,
Que j'aime les mamans souriant aux petits !

J'aime aussi ce repli des lèvres qui complète
Le bonjour amical de tous mes vrais amis,
Et qui, dans le salon, rend encor si coquette
Une antique baronne au bras d'un vieux marquis.

Chez la femme, j'adore une bouche bien close
S'ouvrant avec éclat, comme un bouton de rose,
Pour reprendre à l'époux un baiser dérobé.

Mais s'il est une grâce à mes yeux sans pareille ;
S'il est une douceur, s'il est une merveille,
C'est le premier sourire aux lèvres d'un bébé !

UN MOT DE JEANNETTE

SONNET A DIRE

Jeannette aura six ans à la saison prochaine ;
Dans sa robe écossaise, elle est mignonne à voir ;
Mais l'oncle Pierre est mort, depuis deux jours à peine,
Et voilà maintenant qu'on l'habille de noir !

Ce changement subit n'a rien qui lui convienne.
Elle est tout en colère, et, devant son miroir,
Saisissant sa poupée, en belle porcelaine,
La jette sur le sol, en proie au désespoir !

Et grand-père aussitôt, d'une voix douce et tendre,
A son âme d'enfant explique et fait comprendre
Que lorsqu'un parent meurt, il faut porter son deuil.

Alors, Jeannette allant embrasser son aïeul,
Lui montre sa poupée, et dit d'une voix forte :
« Tu la mettras en deuil, lorsque je serai morte ! »

NUIT D'HYMEN

HYMNE DES ANGES

I

Dans la nuit d'hymen, la chanson d'amour,
Des buissons en fleurs, au riant séjour,
    Mollement se glisse.
C'était un frisson, un souffle, un soupir,
C'est un long baiser ivre du désir,
    Du plus fou délice.

II

Vénus dit aux fleurs : « Quelle douce nuit ! »
La rose à la rose : « Ornons le circuit
    De leur alliance. »
Et le vent soupire : « Oh ! le frais parfum ! »
Puis jusqu'au matin murmure à chacun
    La folle romance.

DÉLIRE CARNAVALESQUE

Amis, vive la folie,
Narguons la mélancolie,
Que la tristesse s'oublie,
Carnaval est dans nos murs :
C'est sa grandeur qui m'inspire,
Il excite mon délire,
Et je chante sur ma lyre
De mes accents les plus purs.

Par un destin peu prospère,
Ce premier roi de la terre
N'est qu'un monarque éphémère,
Mais en est-il de plus doux ?
Durant sa folle existence,
La grandeur de sa puissance
Au sein de l'insouciance
Vous entraîne malgré vous.

On dit qu'il naquit à Rome ;
Et que nous importe, en somme ?

C'est le règne du bonhomme,
Jurons-lui fidélité ;
Et joyeux de sa visite,
Faisons briller à sa suite
La chanson, sa favorite,
Sa maîtresse, la gaîté !

Ma petite Colombine,
Mignonne, charmante et fine,
Votre beauté se devine
Rien qu'en voyant vos jupons.
De ce feu qui me torture,
Calmez un peu la brûlure,
En montrant votre figure
Et vos jolis yeux fripons.

Douce et gentille Pierrette,
Votre blanche collerette
M'a déjà tourné la tête
Comme une aile de moulin.
Beau domino que j'implore,
Vous me repoussez encore,
Et pourtant je vous adore ;
Accordez-moi votre main.

Au sein des folles délices,
Soumis à tous nos caprices,
Les faux amours et les vices
Se transforment en vertus.

Et dans la foule en délire,
Les baisers et la satire
D'un voile d'éclat de rire
Sont sans cesse revêtus.

Amis, la gaîté me gagne ;
Dans ce pays de Cocagne,
Un seul verre de champagne
Emplit votre cœur d'entrain,
Et votre âme s'émoustille
Des yeux d'une belle fille,
Dont la bonne humeur pétille
Comme un verre de ce vin.

Fiers canons, et vous, trompettes,
Venez annoncer les fêtes ;
Soleil, brille sur nos têtes,
Astres, gravitez au ciel,
Et toi, lune bienfaisante,
De ta face souriante
Jette une lueur tremblante,
Aussi douce que le miel.

Vive ! vive la folie !
Sus à la mélancolie.
Mes amis, que tout s'oublie,
Chassons tout noir souvenir.

Que ma muse qui m'inspire,
M'apporte son frais sourire ;
Je veux chanter sur ma lyre
Le doux règne du plaisir.

LA MORT DU PETIT SOLDAT

SONNET

Dans la chambre, couché sur son lit de douleur,
Le petit soldat Max, presque sans connaissance,
De ses yeux où scintille un rayon d'espérance,
Lit un billet coquet qui fait vibrer son cœur.

Il songe à ses beaux jours de plaisir et d'aisance
Où la vie à longs flots lui versait le bonheur,
Et toujours près de lui vient murmurer la sœur :
« Allons, reposez-vous, il faut dormir, silence ! »

Soudain, à ses côtés, un ange se présente,
— Dernier rêve d'amour, qui l'émeut et l'enchante, —
Le petit soldat meurt en ses bras parfumés !

Qui donc près du Seigneur accompagne son âme ?
Est-ce un regard ému de l'adorable femme,
Ou l'implacable sœur qui ne sourit jamais ?

PETITE LETTRE !

« Petite lettre aux noirs cachets,
« Légère comme la pensée,
« Où peux-tu courir si pressée,
« Pleine du parfum des sachets ?

« Sous cette enveloppe fragile,
« Gardienne de ta vertu,
« Quelle nouvelle apportes-tu
« Vers la campagne ou vers la ville ?

« Je te promets d'être discret.
« Dévoile à mon cœur ton mystère,
« Et nul autre humain sur la terre
« N'apprendra de moi ce secret.

« Quel est le but de ton voyage,
« Viens-tu d'un pays chaud ou froid ?
« Et par quel isthme ou quel détroit
« As-tu pu gagner ce rivage ?

« Portes-tu tristesse ou bonheur,
« Annonce de deuil ou de fête ? »
La lettre demeure muette
Et ne montre ni ris, ni pleur.

Fidèle à son itinéraire,
On la voit par monts et par vaux
Rebelle à la voix des échos
Qui voudraient sonder son mystère.

Et par le monde, pas à pas,
Elle chemine sans murmure,
Atome d'âme à l'aventure,
Qui passe et ne retourne pas !

En vain l'Océan la courtise,
En vain l'interroge le vent,
Elle va toujours en avant
Malgré les flots, malgré la brise.

Mais nul de son profond secret
Ne peut entrevoir le mystère ;
Peut-être est-il chose légère ?
Peut-être est-il cruel ?... Qui sait ?

Elle marche et marche, constante,
Puis par la brume froide, un soir,
Pénètre enfin dans le boudoir
D'une amoureuse impatiente.

A son aspect, une rougeur
Inonde le front de la belle,
Qui dirige ses yeux vers elle,
Et sent tressaillir tout son cœur.

C'est bien fini, petite lettre,
Sa main s'ouvre en tremblant un peu,
Avide de lire un aveu,
Qu'elle a déjà su reconnaître !

LE CHIEN MORT

CONTE DE NOEL

« Imité du Russe. »

Couché dans un bourbier, la face encor sanglante,
Se trouvait un gros chien que la mort avait pris ;
Déjà décomposé, sa chair noire et puante
S'entr'ouvrait au-dessous de son poil presque gris ;
Une corde à son cou démontrait que, la veille,
On l'avait étranglé sans pitié ni remords,
Et maintenant la mouche et la mauvaise abeille
Se partageaient déjà le reste de son corps.
Les mortels, détournant à moitié leur visage,
S'arrêtaient en passant, et tous avec excès,
Lançaient à la hideuse et repoussante image
Un mot cruel et vil en signe de regrets.
« Oh ! voyez, disait l'un, de l'affreuse charogne
Les blessures du corps suppurant un sang noir ;
On ferait disait l'autre une utile besogne,
En le jetant à l'eau, car c'est ignoble à voir ! »

Et chacun à son tour : « Ses blessures sont viles,
Son poil est tout gluant, et de ses yeux à flot
Un sang noir va, coulant sur ses jambes serviles,
Former avec la boue un immonde caillot. »
Mais aucun ne trouvait pour cette pauvre bête
Un seul mot de pitié ; nul n'avait dans sa voix
Pour ce chien mort d'hier quelque douce épithète,
Et chacun l'insultait de son rire narquois !...
Quand enfin d'un buisson ouvrant les vertes branches
Un inconnu parut, et d'un ton clair et doux :
« Frères, dit-il, voyez comme ses dents sont blanches. »
Et surprise la foule est tombée à genoux
Devant cet inconnu, qui de son seul sourire
Avait de sa personne indiqué le secret.
Et tous de murmurer tout bas, et tous de dire :
« C'est lui, c'est le Seigneur, c'est Jésus Nazareth. »

CONSOLATION

———

IMPROMPTU

A quoi donc songes-tu, mon très cher ? Instruis-moi
    Du secret que ton cœur renferme ;
La consolation est la plus douce loi
    D'une amitié sincère et ferme.

Promenons-nous tous deux, c'est aujourd'hui jeudi,
    Les écoliers sont en vacances.
Amis, faisons comme eux, et cette après-midi,
    Imitons leurs insouciances.

C'est un jour de printemps au milieu de l'hiver !
    Ne garde pas cette tristesse,
Car les fleurs de partout viennent embaumer l'air,
    Qui nous frôle de sa caresse.

Nous aussi, nous étions écoliers autrefois,
    Et, sous ces bosquets de verdure,
Tu venais bien souvent, le rire dans la voix,
    Me raconter quelque aventure !

Tu souris... Oh ! souris... Laisse ce fol amour
　　Et ces caresses envolées.
Pour mieux t'en consoler, au sein de ce beau jour,
　　Promenons-nous sur ces allées.

CONNAISSANCE NOUVELLE

SONNET

A mon neveu Gaston Laroque.

Enfin, je vous connais, beau, mignon et câlin,
Je vois votre peau blanche où ma lèvre se pose,
Et de tous nos parents je trouve quelque chose,
Dans votre regard pur et votre air enfantin.

Et vous me connaissez aussi ; soir et matin,
Du berceau bien coquet où votre corps repose,
Je vois, tendu vers moi, votre petit bras rose,
Qui semble m'appeler de son geste incertain.

Oh ! sans vous avoir vu, bébé, je savais bien
Que dans tous vos attraits il ne manquerait rien
Pour qu'au premier aspect votre oncle vous adore.

Mais depuis que je suis près de vous accouru,
Et que devant mes yeux vous êtes apparu,
Je vous trouve plus doux et plus gentil encore.

LA BALLADE DU CONSCRIT

RONDEAU

> Ma sœur qu'ils étaient beaux, ces jours
> de France.
>
> CHATEAUBRIAND.

I

En sortant de l'Hôtel de Ville,
Le petit conscrit tout agile
Va, son chapeau couvert de fleurs,
Tranquille,
Consoler sa mère et ses sœurs
En pleurs.

II

Tout rempli de reconnaissance,
Il trouve une douce espérance,
Dans ce numéro du hasard.
La France
Lui donne l'ordre du départ ;
Il part !

III

Irai-je dans l'artillerie ?
Dit-il à sa belle ravie,
Cela ne serait point banal,
Ma mie.
D'un prince on devient, à cheval,
L'égal.

IV

S'il voit passer la bande folle,
Qui chante en chœur la Carmagnole
Et les doux airs de son pays,
Il vole
Pour se joindre à tous ses amis,
Conscrits.

V

Au cabaret de la barrière,
Vieux est le vin, fraîche est la bière,
Le conscrit les traite en sirop.
Son verre
S'emplit et se vide au galop.
C'est trop !

VI

Aussi, le soir, chantant encore,
Trouvé sur un ban par Pandore,
Dans un poste au fond d'une cour,
Pour clore,
Il va finir cet heureux jour.
Bonjour !

SUR L'ALBUM D'UNE JEUNE FILLE

—

Petit album plein de mystère,
Dont chaque page est un secret,
Dis-moi donc, ce que tu viens faire
Auprès du poète indiscret ?

Sous cet aspect plein d'élégance,
Quel sont ton rôle et ta vertu ?
De quelle bizarre espérance,
En arrivant, te berçais-tu ?

Je t'ouvre... Hé quoi ! Mademoiselle,
Ce petit album est à vous ?
Je veux, à vos ordres fidèle,
L'enrichir d'un quatrain bien doux.

Soyez aimante, soyez bonne,
Sachez rire, sachez charmer,
Vous souvenant que Dieu pardonne
A qui sait tendrement aimer.

MON RÊVE

SONNET IRRÉGULIER

Jeannette, je t'adore, et connais-tu mon rêve ?
C'est de n'aimer jamais d'autre femme que toi.
Quand le jour mollement à l'horizon s'achève,
Quand un soleil nouveau vient resplendir pour moi,

Je voudrais à l'instant où ma bouche mi-close
Dans un enchantement parvient à te griser,
La sentir doucement à ta lèvre si rose
Se river pour toujours au milieu d'un baiser.

Je voudrais qu'en ma main soit captive la tienne,
Que mon bras, près de moi, pour toujours te retienne,
Que ton frisson d'amour soit éternel en moi.

Je voudrais que mon âme en la tienne se glisse,
Que mon corps à ton corps soudain se réunisse,
Que nous ne fassions qu'un, car mon rêve c'est toi !

CIMETIÈRE DU MIDI

Par un petit chemin qui reçoit le soleil,
A travers les pins verts embaumant l'atmosphère,
On arrive tout droit au jardin solitaire
Où l'homme va dormir de son dernier sommeil !

Penché sur le revers d'un élégant coteau,
Il domine à peu près la ville toute entière,
Et l'on voit, sort étrange, au sein de la prière,
L'image de la vie à côté du tombeau.

Plus haut, ce sont les monts, tous sillonnés de forts,
Penchés sur d'autres monts à la crête de neige ;
Plus bas, la vaste mer qui sans trêve assiège
Le pied de la montagne où résident les morts.

Le ciel toujours d'azur et la mer, son miroir,
Qui fait briller au loin ses vagues argentines,
Donnent la vision des splendeurs divines,
Et de paillettes d'or se décore le soir !

Durant les longs hivers, durant les chauds étés,
Rien ne vient assombrir ce riant cimetière,
Et les cyprès touffus, les couronnes de lierre,
Couvrent les marbres blancs de lettres incrustés.

Quel spectacle enchanteur et cruel à la fois !
Le regard peut courir en moins d'une seconde
De la vaste contrée où murmure le monde
Au silence éternel des tombes et des croix.

Et chaque esprit humain qui suit chaque regard
Encor tout enivré d'amour et de tendresse,
Sourit même à la mort, en ce lieu de détresse,
Où tous les êtres chers ont une place à part.

Oh ! dans ce cimetière à nul autre pareil,
Qui n'a rien de cruel, qui n'a rien de farouche,
Aller ensevelir ceux dont la mort vous touche,
Et pouvoir y dormir de son dernier sommeil !

LES CHEVAUX

SONNET AU DOCTEUR ROUX

Du vieux peuple romain les plus vaillants héros,
Acclamés sur leurs chars au milieu de la plaine,
Regardaient fièrement resplendir leurs chevaux
Que de robustes mains contenaient à grand'peine.

Jadis, à Reischoffen, d'immortels cuirassiers,
(Le poète a parlé de cette charge hautaine)
Entraînés par l'élan de leurs nobles coursiers,
Cherchèrent dans la mort une gloire certaine.

Et le croup, l'affreux croup qui ravissait aux mères
Tout ce que l'avenir a de douces chimères,
Perd, grâce à nos chevaux, ses pouvoirs triomphants.

De leur chair, de leur sang, une liqueur ravie,
Remplace, en infiltrant le souffle de la vie,
Le râle par le rire aux lèvres des enfants !

ODE A LA JEUNESSE

A l'ami Guisac.

Vous m'avez demandé des vers pour la jeunesse,
Et ma muse ravie, à ce gentil propos,
M'a de suite apporté sa plus douce caresse,
    Et les voilà tout frais éclos.

Dès hier dans mon cœur je les ai sentis naître,
Et prenant aujourd'hui ma plume dans la main,
Je les ai tous notés, en songeant que peut-être,
    Ils seraient envolés demain !

L'esprit débarrassé de toute idée amère,
J'ai choisi, pour rêver, un endroit ravissant,
Où l'on puisse écouter le gracieux mystère
    Que vous souffle un ange en passant.

Je me suis donc assis tout près de ma fenêtre,
Le soleil était pur, les fleurs embaumaient l'air,
On eût dit qu'un printemps allait déjà renaître,
    Au sein des premiers jours d'hiver.

L'ange est alors venu m'apporter son murmure,
Qui m'a paru plus frais que la brise des bois,
Plus doux que le soupir de cette vierge pure,
        Aimant pour la première fois !

J'ai noté, j'ai noté, laissant ma folle plume
Ecrire de travers, à droite, à gauche, en haut,
Comme ce forgeron qui frappe sur l'enclume,
        Quand le morceau de fer est chaud !

Et j'ai si bien noté que voilà mon ouvrage !
Jeunesse, le travail est ma plus douce loi,
Aussi lorsque je viens t'apporter cet hommage,
        Le plus heureux de tous : c'est moi.

Oui, j'aime à te chanter, insouciante et douce,
Avec ton fol orgueil, tes espoirs, tes désirs,
Tout ce qui te conduit et tout ce qui te pousse
        Au sein des flots de tes plaisirs !

Salut ! salut à toi ! fleur virile et légère,
Qui reçois du Seigneur, à chaque nouveau jour,
Dans son cœur, les élans de l'amitié sincère,
        Dans son âme, les cris d'amour.

Je voudrais rencontrer des accords sur ma lyre,
Qui fussent assez doux pour louer à la fois
Le charme de tes pleurs, la grâce de ton rire,
        Et la noblesse de ta voix !

Hélas ! point ne le puis : je suis trop jeune encore,
Et tous ces petits vers à l'écho ravissant,
Qui si bien demandés ont su si bien éclore,
    Sont des vers criés en passant.

A notre âge on peut bien chanter ce que l'on l'aime,
Une fleur, un baiser, un amour entraînant,
Mais il n'est point aisé de se chanter soi-même,
    Et je le comprends maintenant !

Fleur, épanouis-toi ! Plus tard, dans la vieillesse,
Au milieu du regret des moments disparus,
Je te rechanterai, douce et belle jeunesse,
    Mais je ne t'appartiendrai plus !

SONNET

Dans un cercle de corde, au milieu de la place,
Jeanne, la gitana, pareille au doux pinson,
Attire par sa voix la foule qui s'amasse,
Et dont les mains déjà battent à l'unisson.

Le pitre, à ses côtés, flatte la populace,
Mais le voilà soudain envahi d'un frisson.
Suivi de tous ses gens, le puissant Roi qui passe,
S'approche pour pouvoir écouter la chanson.

Il s'arrête, et jetant à Jeanne son mouchoir :
« Mille écus d'un baiser, dit-il d'une voix forte,
— Le second ? répond-elle en riant. — « Peu m'importe ! »

La figure du pitre est toute peinte en noir,
Mais, sans s'en occuper, la gitana l'embrasse,
Et, courant vers le Roi, lui barbouille la face.

ADIEU CRUEL

Ah ! lorsque nous serons éloignés l'un de l'autre,
Quand l'un de nous deux seul s'en ira, chaque soir,
Respirer cet air pur qui maintenant est nôtre
Et porte en vous frôlant je ne sais quel espoir,
Lorsque tu passeras, en revivant ton rêve,
Au sentiers préférés où nous allons tous deux,
A cette heure d'amour qui pour nous est si brève,
Inonder de baisers l'écho silencieux,
Lorsque je serai loin et que tu seras seule,
Quand je ne pourrai plus t'aimer et te chérir,
Tant que l'affreux destin retiendra dans sa gueule
Cet obstacle entre nous impossible à franchir,
Ne crois pas que, brisé, mon pauvre cœur oublie
Les serments échangés en de si doux instants,
Et que ce nœud puissant qui maintenant nous lie.
Puisse se détacher par l'usure du temps.
Non ! non ! Je veux garder en mon cœur ton image
Comme tu garderas la mienne dans le tien.
Les souvenirs d'amour, ma belle, n'ont point d'âge,
Qui sait ce que le sort nous réserve de bien ?

7

Lorsque sur cette rive où le destin t'enchaîne,
Tu verras le soleil se lever pas hasard,
Dans le flot de rayons que follement il traîne,
Peut-être pourras-tu rencontrer mon regard.
Et lorsque déroulant les plis bleus de sa vague,
La mer dira ses chants, et que tu seras près,
Peut-être entendras-tu dans ce murmure vague
L'écho de ma douleur et de tous mes regrets !
Je t'aime, je t'adore et je pars ; sort sévère !
Adieu, dis en ton cœur, ce qu'en mon cœur je dis !
Aux anges, le bonheur est défendu sur terre,
Pour eux il faut l'enfer, ou bien le paradis !

A M. FÉLIX FAURE

PRÉSIDENT DE LA RÉPUBLIQUE

A son voyage à Nice.

Pour vous, en qui la France a mis sa confiance,
Nice prend aujourd'hui son plus joyeux aspect,
Et veut vous saluer, Monsieur, avec respect.
Au sein de sa splendeur et de son élégance,

Des étendards partout flottent les trois couleurs.
A louer votre nom un peuple entier s'apprête,
Mais point n'est de vivats, point n'est de cris de fête
Qui puissent exprimer l'ivresse de nos cœurs.

De Nice au monde entier se dévoile la gloire,
Ses exploits, aux exploits de la France enchaînés !
Son sol, où les meilleurs de tous nos fils sont nés,
Son immortelle trace au sein de notre histoire.

Française, elle est Française, et ne veut point changer,
La France est son berceau, la France est sa patrie !
Aux discours insensés, fière, elle se récrie,
Sentinelle héroïque au seuil de l'étranger !

La jeune République, à peine à son aurore,
La première a conquis ce rivage enchanté
Et pour la consacrer, terre de liberté,
Voilà cent ans après la République encore !

Doux présage, Monsieur, d'un destin éternel !
Si durant de longs ans la France l'a perdue,
Pour hommage de gloire elle lui fut rendue
Par la main du grand roi Victor-Emmanuel.

Et depuis elle est bien Française et plus encore !
Vous avez su l'aimer, la choyer, l'embellir ;
Tous les cœurs de ses fils veulent s'en souvenir,
Chauds, comme ce rayon de soleil qui la dore.

De vous voir en ces lieux, elle s'enorgueillit,
Jure de demeurer à son poste héroïque,
Fière de se montrer forte et patriotique,
De se sentir Française et de vous l'avoir dit !

A NAPLES

STROPHES VOLANTES

A Madame X...

Terre douce à mes yeux ! Naples, fleur d'Italie,
Sous ton beau ciel d'azur plus que jamais jolie,
Je te retrouve enfin, ô Reine, et malgré moi,
Séduit par ta beauté qu'un clair soleil me dore,
Je viens pour t'admirer et me permettre encore
D'oublier un instant la France auprès de toi.

La splendeur de ton golfe à mes yeux se dévoile,
Nul nuage au lointain, au ciel bleu pas un voile ..
Seule, Capri sommeille au sein du flot amer.
Les barques de pêcheurs qui glissent autour d'elle
Paraissent, en ramant, lui dire qu'elle est belle,
Et chanter sa louange aux mondes de la mer !

Le Vésuve, toujours imposant et farouche,
Qui vomit des torrents de flamme par la bouche,
Ajoute son mystère à la splendeur du soir.
On dirait que son gouffre où la lave ruisselle,
Voudrait anéantir chaque ivresse nouvelle,
A qui ses gerbes d'or ont servi d'encensoir.

L'amour semble planer dans l'air que l'on respire.
Il s'empare de vous, il vous charme, il inspire,
Jusqu'au hardi pêcheur couché sur les galets,
Qui chantant au soleil un air de barcarolle,
Regarde, en se berçant d'une espérance folle,
Les flots couvrir au loin ses modestes filets.

Des cris fous de tendresse éclatent dans la brise,
S'exhalent de la rive où la vague se brise,
Se glissent dans les fleurs qui naissent sous vos pas ;
Et c'est une éternelle ivresse qui rayonne,
Un frisson qui caresse, un sourire qui donne
Le fou désir d'aimer à ceux qui n'aiment pas.

Ah ! chante, chante encor, ma Muse ; sur ces rives
Laisse couler au vent tes strophes fugitives,
Cris d'admiration par ta voix exprimés.
Tes vers iront cueillir les parfums de l'espace ;
Lamartine a rêvé jadis à cette place,
Et ces lieux de ses vers sont encore embaumés !

Ah ! s'aimer, être deux, dans la folle soirée,
Cueillir tous les frissons du corps de l'adorée,
Entourer de ses bras la chair de son cou nu,
Et pouvoir écouter aux pieds de cette amante
Le rythme des flots bleus de la mer de Sorrente
Qui vous berce d'un rêve ineffable, inconnu...

DOLCEZZA DI BACIO

IMPROMPTU

Approcher ma lèvre coupable,
De ton doux et pudique front,
C'est un bonheur inénarrable,
Mais pour toi quel cruel affront !

Effleurer ta bouche mi-close
Et sentir son souffle divin,
C'est cueillir la plus belle rose,
Dans le plus radieux jardin.

D'un doux baiser sur ta paupière,
Fermer ton œil provocateur,
C'est enlever à la lumière
Une minute de bonheur !

Dans les instants où tu me charmes,
Essayer, au sein d'un aveu,
De sécher d'un baiser tes larmes,
C'est ravir quelque chose à Dieu !

TABLE DES MATIÈRES

St-Etienne, Société de l'Imprimerie THÉOLIER. — J. THOMAS & Cⁱᵉ.

www.ingramcontent.com/pod-product-compliance
Lightning Source LLC
Chambersburg PA
CBHW051554280626
47162CB00022B/2256